イノック・アーデン

A・テニスン＝著
原田宗典＝訳

岩波書店

装丁=原 研哉

本書は、英国ヴィクトリア朝時代の詩人、アルフレッド・テニスン(一八〇九—一八九二年)が、一八六四年に発表した物語詩"Enoch Arden"を、二〇〇六年、原田宗典が、日本語の朗読用に翻訳したものである。テニスンの描いた原作により忠実な翻訳をお求めの読書子は、入江直祐訳『イノック・アーデン』岩波文庫を一読されたい。また作者テニスンの人となりや人生についても、入江博士作成の年表に明らかである。

――訳者

この風はかなたより
海をわたってここ西の地へ
百年それとも二百年
はるかな一つの伝説を今に伝えて吹きまする。
あの潮騒が聞こえましょう――
風をはらんだその波は
くねる海辺の嶮岸が途切れた先の入江に到り
問わず語りに語り出します。

一

入江の黄色い砂浜を撫でて泡立つ白い波……。
ちっぽけな波止場とそれを
まばらに囲む家々の赤い屋根。
そして朽ちはてた教会——見上げれば
粉屋の櫓まで一筋続く細い坂道。
その背後には異国の者の古塚が遺る
灰色の沈んだ丘が——ただこの丘の窪地には
ハシバミの森が茂っていて
秋ともなれば木の実を拾う人たちで
いっとき賑わうのでありました。

二

昔むかしのことであります。
この浜辺には三軒の家があり、
三人の幼ななじみがおりました。
港きっての器量よし、小さな乙女はアニー・リー。
そして粉屋の一人息子、フィリップ・レイ。
それから荒っぽい船乗り稼業の父親を
冬の嵐で失った孤児、イノック・アーデン。
三人はいつも一緒に遊んでおりました。
浜辺にはぎりぎり巻いた太綱や
潮に染まった漁の網、赤茶に錆びた碇だの
曳き揚げられた小舟など
うち棄てられたがらくたが
そこかしこに散らばっておりました。

三人は崩れる砂の城を築いては
それが波にさらわれるのを眺めたり、
あるいは白く砕け散るさざ波を時に追いかけ
時に追われたりして遊ぶのでした。
日ごと彼らが浜辺に印す小さな足跡は
日ごと寄せくる波に洗われ
跡形もなく消え去るばかりです。

　　三

切り立つ崖の喉もとを穿った狭い洞窟で
彼らは日がな一日じゅう
ままごと遊びにふけるのでした。
今日イノックが主人になれば
明日はフィリップが主人になり
アニーはいつもお嫁さん。

けれど時折イノックは一週間も主人の役を一人占めしてしまうのでした。
「これは僕の家、そしてこれは僕の可愛いお嫁さん」
「君だけのものじゃない」とフィリップは言い募ります。
「僕だって！　代わりばんこだろう」
それから取っ組み合いの喧嘩となれば勝つのはいつもイノックでした。
碧(あお)い眼にくやし涙をいっぱいためてフィリップは大声を上げるのでした。
「イノック、おまえなんか大嫌いだ」
すると小さなお嫁さんはもらい涙に泣き濡れて、
「お願いだから止めてちょうだい。
私、どっちでもない両方のお嫁さんになるから」
そんなあどけない繰言(くりごと)を口にするのでありました。

四

ばら色の少年時代が過ぎゆきて
朝陽に匂う青春の時を迎えた二人の青年は
その情熱のありったけを
一人の乙女に捧げるようになりました。
イノックは胸のうちを隠さずに打ち明け、
一方フィリップは沈黙のうちに
思いを秘めておりました。
そして当の彼女は傍目には
フィリップを慕うかのように見えてその実
イノックに思いを寄せておりました。
人には見せず自分でも
知らず知らずの恋心。
イノックは二人の未来を夢に見て

一生けんめい働きました。
できうるかぎりの貯金をし
自分の舟を買い
アニーのために家を建てよう、と。
そんな一途(いちず)な思いのたけに
腕を磨いて幾年(いくとせ)か
やがてイノックは幸(さち)多くして大胆(だいたん)な
かつ細心(さいしん)この上ない船乗りに成長し
荒波寄せるこの浜を遠く果てまで探したとて
彼より優(すぐ)れた男など
ただの一人もないほどでした。
またイノックは一年(ひととせ)を貿易船に乗り込んで
水夫としての修業を積みました。
その間彼は果敢(かかん)にも潮渦巻く荒海へ
ためらうことなく飛び込んで
人の命を救うことが一度や二度ではなかったので

さすがの海の男たちも彼を
男の中の男と認めて憚りませんでした。
そうして二十一歳のその頃にイノックは
春を迎えるその頃に
自分の舟を買い求め
小さな家も建てました。
アニーを迎えるためのささやかながら
小ぎれいな居心地の好い家を
粉屋の櫓へと続くあの坂道の中ほどに
とうとう築き上げたのでした。

　　　五

やがて黄金の秋が来て
茜に染まる夕まぐれ
仕事を休んだ若人たちは

籠や小袋、麻袋を手に持って
ハシバミの森へと木の実を拾いに出かけます。
病床の父を世話してフィリップが
一足おくれて丘をのぼれば
なだらかに下る緑の谷間の森が
窪みに向かってまばらになるあたりに
見える二人の人影は、イノックとアニー。
仲むつまじく手に手をとって
並んで座っておりました。
イノックの大きな灰色の瞳と日焼けしたその顔は
祭壇に灯る明かりに照らされたかのように
さえざえと静かに輝いて見えました。
フィリップは見つめあう二人の眼差しの中に
わが胸のかなわぬ思いを読み取って
はかなき運命を知りました。
そして二人の唇がそっと近づくその前に

声にもならぬ呻きを漏らし
傷ついた獣物のようにこっそりと
森の茂みをかき分けて、身を隠したのであります。
若人たちがそこかしこ
笑いさざめく声が響いておりました。
けれど独りフィリップはただ
ただじっと痛みを堪え忍びやがて
ようやく立ち上がり家路についたのでした——その胸の
奥底に終生癒えることのない飢えを抱えたままで。

六

かくて二人は結婚しました。
祝いの鐘も楽しげに響きわたっていつの日か
七年の歳月が幸福のうちに過ぎ去りました。
健やかで暮らしに困ることもなく

互いに愛し、愛されて
与えられた仕事にいそしんだ七年の生活。
二人は子宝にも恵まれて――最初の子は娘でした。
その産声を聞いた時イノックはこの子のために
できうるかぎりお金を貯めて
親たち二人の育ちよりもずっと豊かに養おうぞと
心に強く決めたのですが
二年後、男の子が生まれると
彼の決意はますますもって強いものとなりました。
イノックが時化た海へと舟を出す時や
遠く内陸への旅へと出かける間、
このばら色のほっぺの幼子がどれほど
アニーの孤独を癒してくれたことでしょう――。
そうやって仕事に精を出した甲斐あって
イノックの駆る白い馬や
潮薫る柳の魚籠の海の幸、

冬の嵐に晒された赤銅色の彼の顔は
知らぬ者とてなくなりました。
十字架の立つ市場はもとより
丘の向こうの田舎道、
精進の金曜日ごとにイノックが魚を届けるお屋敷の
門をば守る仔獅子の彫像、
孔雀の羽根形に刈り込んだ庭の水松のあたりまで
その評判は聞こえておりました。

　　　七

けれど定めなき世の習いとて彼の身に
思いもかけぬ災難がふりかかってきたのです——。
このちっぽけな港から北へ十マイルの地に
大きな港が開けておりました。
そこはイノックが今までに幾度となく陸路や

海路をへて通いなれたところでしたが或る時、停泊中の舟のマストに登った折にうっかり足を滑らせて、あっというまに転落してしまったのです。

仲間が助け起こしてはくれたものの彼の片足は無残に折れておりました。

そのまま寝込んで仕方なく養生につとめている間にアニーはまた男の子をもうけましたがその子は生来脾弱な赤子でありました。

そうこうするうちに商売敵は容赦なく彼の得意先を横取りし妻子の糧を奪ってしまいました。

イノックは日頃から真面目で信心深い男ではありましたがこう身動きもままならぬ体では疑惑と暗鬱とが心を塞いで止みません。

さながら夜半の悪夢のように

子らが食うや食わずの暮らしに落ちぶれ
恋しい妻が物乞いをして歩く様が
絶えず目先にちらつくのです。
彼は祈りました。

「たとえこの身はどうなろうとも構いません。
どうかあわれな妻と子を、どうぞお助け下さい」

そんな祈りの言葉も終わらぬうちに突然
彼を訪ねてきた者がありました——かつて
乗り組んだことのある船の船長その人でした。
人並み外れて頼もしく、男らしいイノックの
不運を聞いて駆けつけた船長は
こんな話をするのでした。

「実はな、イノック、わしの船はな
はるばる支那の国を目指して、帆を上げるのだ。
その甲板長を探しあぐねておったのだが、
どうだ、行ってはくれまいか？

出航までにはまだ日もあることだし、なあ、イノック、引き受けてはくれないか」

ためらうことなくイノックはこの申し出を引き受けました。祈りの験しがこんなにも早く現われたことに驚き、胸を躍らせながら。

　　　八

かくて今や翳りは静かに身をひそめ
陽光をわずかに弾くちぎれ雲が
沖の彼方につくり出す
あるかなきかの島影ほどにも感じられなくなりました。
だけど自分が行ってしまったら──
妻は、子供たちはどうしよう。
イノックは臥ったままであれこれと

思いを巡らせ考えました。
舟を売ろうか——だがあいつは俺の可愛い持舟だ。
あいつのおかげで今までに何度
逆巻く荒浪を凌いできたことだろう。
騎手が愛馬を知るように
俺はあの舟を知りつくしている——けれど
それでもあいつを売って
作った金で何やかや日用品を買い揃え
アニーに商いさせたらどうだ——そうすれば
自分の留守中も暮らしを立てていけるだろう。
俺は俺で遠き異国に渡ったら
何か取引きしてみよう。
この航海は一度ならず二度三度
事足りるまで何度でも出かけよう——そして
やがては大金を手にして故郷に錦を飾り
大きな船の船長となるのだ。

16

十分すぎる稼ぎがあれば、暮らしも楽になるだろう。
子供たちにはちゃんとした教育だって受けさせてやれる。
そしていつしか一家揃って安らかに
平和な日々を送るのだ——。

　　九

こうして心を決めたイノックは
やがて家路についたのでした——と、その道すがらに
彼は青白き顔色をした我が妻が
生まれて間もない病弱な子を
あやしているのに行き会いました。
嬉しさあまって声を上げ、アニーは夫に駈け寄ると
その腕にいたいけない赤子を抱かせました。
イノックは我が子の手足を撫で回し
抱き上げて重さを確かめたり

父親らしくいとしげにあやしてやるのでした。
けれどそのために心のうちにあることを
すぐには打ち明けかねました。
彼がようやく決意のほどをアニーに語り告げたのは
夜明けて次の日のことでした。

一〇

誓いの指輪をその指にはめてもらったあの日から
今日初めてアニーは夫に逆らいました。
声を荒げて騒ぎ立て、責めることこそなかったけれど
涙ながらに切々と彼女は懇願するのでした。
夫の身の上を案ずればこそ
日ごと夜ごとに悲しき口づけを繰り返し
「もしもあなたの妻と子を哀れと思しめすならば
どうか行かずにいて下さい」

泣いてすがって言うのでした。

もちろんイノックは辛く、やりきれなかったものの

「決して自分のためではない。これはおまえのため。

おまえと子供たちを思えばこそのことなのだ」

そう言ってアニーの願いを聞き流し

頑として意を曲げることはなかったのです。

一一

イノックは永年の友と馴じんだ持舟を

人手に渡して得た金で

アニーのために様々な商品を買い揃えました。

通りに面した小さな居間を

せっせと改装し始めて

細々とした商品を並べるための棚などを、

設えるのでありました。

旅発つその日が迫るまで休むことなく一日中
金槌をふるい斧を打ち、錐や鋸をきしめかせ
小さな家を震わせました——その音は
アニーにとっては自分のための
断頭台が築かれる音に聞こえてなりません。
やがて仕事を終えたイノックは
狭いながらも入念にその室内を整えました。
それはさながら大自然が蕾に花を
実に種子を宿すかのごとく
間違いのない配置でした。
それから彼はアニーのためにまだ何か
やるべきことがあるはずと
もうひと頑張りするつもりでしたが
不意の疲れにおそわれて横になるが早いか
翌日の朝まで眠り込んだのでした。

一二

そしてとうとう別れの朝が訪れました。
この朝を晴れやかな気持で迎えたイノックは
アニーの憂(うれ)いを哀れに思いながらも
妻の取り越し苦労を一笑(いっしょう)にふすのでした。
それから信心深いイノックは
その場にひざまづき、頭(こうべ)をたれて祈りました。
たとえこの身はどうなろうとも
我が妻と子の上には幸いあれ、と。
「アニーよ、俺の神様をどうか信じておくれ。
この航海は俺たちに幸運をもたらしてくれるはず。
炉を清め、火を明るく焚いて、待っていてくれ。
おまえが考えているのよりずっと早く
俺は帰ってくるからな」

そう言ってイノックは赤子の揺籠を揺らしながら
「それにこの子——
小さくか弱くあるが故に
よけいに可愛く思える我が子よ。
神様、この子をお護り下さい。
いずれ自分が帰ったなら
この子をまず膝に抱きのせてやり
異国の話を一晩中語り聞かせてやるからな。
さあ、アニーよ、笑顔を見せて。
俺の門出を祈っておくれ」

　　一三

そんなふうに勇ましく
希望にあふれた彼の言葉を聞くうちに
どうやらアニーもかすかな望みを

つなぐ気持になれたのでした。
しかしイノックが話をかえて急にしかつめらしく
天の摂理や信心について
無骨な言葉で説教し始めると
アニーは耳を傾けているかに見えて
その実、心は虚ろでありました。
まるで村の娘が水瓶を泉にすえて、
日頃自分のためにこの瓶に水を
満たしてくれていた男を偲ぶ、虚ろな心で、
水をあふれるに任しているかのような様子であります。

一四

やがてアニーは言いました。
「ああ、イノック——思慮深い人。
だけど私には分かっています。

私はもう二度とあなたの顔を見られないであろうことを」

一五

「それならば俺の方からおまえの顔を見るとしよう。
アニーよ、俺の乗り組む船は
この沖合を通るのだ——望遠鏡を借りてきて
俺の顔を見つけ出し、
自分の取り越し苦労を笑っておくれ」
とイノックは自分の船が通る日を
アニーに告げるのでありました。

一六

別れを惜しむ最後の時も、いよいよ尽きようとする時に
イノックは言いました。

「アニーよ、いいか、しっかりしろ。元気を出せよ。
子供のことは頼んだぞ、いずれ俺が戻る日まで
万事をちゃんとしておくれ。もう行かなくては。
俺のことは金輪際心配するな。
もし気がかりであるならば
すっかり神様に預けてしまうがよい。
神様こそは頼みの錨だ。
たとえ朝陽の昇る東のはてまで行ったとて
やはり神様はいらっしゃる。
たとえどんなに遠く旅しようとも
神様の腕の中から離れることができようか。
そしてこの海は神様のもの——神が造りたもうたものだ」

　　一七

やおらイノックは立ち上がり

その逞しい腕でうなだれた妻を抱きしめ
怪訝な顔の子供たちに次々と接吻するのでありました。
けれどひ弱な三番目の子は
昨晩の熱に泣き疲れ、今はすやすや眠っていました。
それを起こそうとするアニーを制して
イノックは静かに言いきかせました。
「そのまま寝かしておいてやりなさい。
物心もつかぬほんの赤子なのだから」
そう呟やいて静かに寝顔を確かめ
そっと口づけするのでした。

けれどアニーは取り急ぎ
赤子の額にたれた可愛い捲毛をほんの一房
鋏を入れて夫に手渡しました——これはその後
長年にもわたってイノックが、肌身離さず
持ち歩く宝物となったのですが、この時ばかりは
旅発ちの慌ただしさに紛れてしまい

イノックは荷物を携え大手を振って
潑剌と家を後にしました。

一八

イノックが教えてくれたその日、その時、
アニーは望遠鏡を借りてはきたものの
しょせん虚しい気休めでした。
度を合わせることができなかったのか
或いは涙で目が曇り、両手も震えていたものか
夫の姿は見えませんでした。
一方イノックは約束通り甲板に立ち
大きく手を振り続けておりましたが、それも束の間
船は彼方へと去っていったのでした。

一九

船影が段々小さくなって、帆先が水平線に消えるまでアニーはずっと見送りました。そして偲び泣きつつその場を後にするのでした。
彼女にとって夫の不在は、まるで死に別れでもしたかのような悲しみをもたらしました。
けれど萎えがちな心を励まして、何とか夫の意に副おうと、彼女は懸命につとめるのでした。
が、商売のいろはも知らぬ素人の身――
商才もなければ嘘もつけず、かけ値、値引きの呼吸も分からぬ有様なので彼女の商いはまったく繁盛しませんでした。
「ああ、イノックは何と言うだろう……」
と絶えず心を痛めながらも

何ひとつ打つ手だてはなかったのです。
一度ならずも二度、三度
家計は苦しくなりまして
もうどうにもしようがなくなると
アニーはせっかくの商品を仕入れ値よりもずっと安く
売ってしまうのでありました。
彼女は自分のばかさ加減を思い知り
悲しむばかりでありました。
そして帰らぬイノックの帰りを待ちて
待ちわびて
ほんのわずかな収入を得てほそぼそと
人知れず憂鬱な
悲しみの日々を送るのでありました。

二〇

さて三番めの赤ん坊は生まれつき
病弱な子ではありましたが
母親の精一杯の親心で愛した甲斐もなく
日ごとに弱々しくなっていくのでした。
それとも病気の子供にどうしても
時折、看護の目をおろそかにしたからでしょうか。
必要なものを与えてやれなかったからでしょうか。
あるいは必要なことを教えてくれる
医者に診せてやれなかったからでしょうか。
いずれにしても病弱な子は
一進一退の体具合を繰り返した後(のち)
アニーがふっと目を離した隙(すき)に
籠から逃げた小鳥のように

天の彼方へ飛び去ってしまったのでした。

二一

いとし子の野辺の葬儀（おくり）から一週間と経たぬ頃
フィリップは常日頃からアニーの幸福を
切（せつ）に祈ってはいたものの
イノックが旅発った日から今日（こんにち）まで
久しく彼女を訪ねもせずに
無沙汰（ぶさた）を重ねてしまった自分を
心苦しく思っておりました。
「そうだ」とフィリップはひとりごちました。
「今日こそ逢いにいってみよう。
こんな自分でも少しは彼女の慰めになれるだろう」
思い立ったその足で彼はアニーの家へと向かいました。
からっぽの淋しい表の部屋を抜け

奥の小部屋の戸口に立つとフィリップは
しばしためらいました。
三度ほど戸を叩いてみましたが、
中から応えはありません——そこでそっと戸を開け
入ってみると、アニーはそこに座っておりました。
いとし子を失ってまだ日も浅い彼女は
悲しみに打ちひしがれてただ一人
壁に向かって忍び泣いておりました。
フィリップはその場に立ちつくし
口ごもりながらも何とか声をかけました。
「アニー、私はあなたに
お願いがあって参りました」

二二

「こんなにも悲しみに沈んだ今の私に

「お願いとは？」

悲嘆にくれた彼女の声にフィリップは
どぎまぎしてしまいましたが、
羞(は)じらいながらも憐(あわ)れみの心に迫られて
自らアニーの傍(かたわ)らに身を寄せ
言葉を続けるのでした。

「あなたの夫イノックが望んでいたことを
お話ししようと思って来たのです。
日頃から私が申し上げてきた通り
あなたはこの港で一番の男を選んだのです。
誰よりも強く、逞しく、一旦こうと心に決めたら
最後までそれをやり通す意志の持主——彼が何故
あなたに淋しい思いをさせてまで
この度の長い航海に出かけていったのでしょう？
世の中を見て歩くためでもなければ
自分を楽しませるためでもありません。

人並み以上に稼ぎを得て子供らに
自分たち親よりもずっと良い教育を
受けさせてやりたい——それがイノックの願いでした。
だのに彼が帰ってきた時
子供らの大切な時間がただ徒(いたず)らに
流れ過ぎたのだと知ったら
どんなに口惜(くや)しがることでしょう。
もし仮に彼が死んでしまって墓の中にいるとしても
子供らが野放しの仔馬のように
手にも負えない人間に育ってしまったら
どんなに悩むことでしょう——だから
アニー、だから……
私たちはともに幼ななじみではありませんか。
どうかお願いです——あなたが夫と子供たちを
愛しく思うのであればどうか
私の言うことを聞いて下さい。

お金のことなら、ご心配なさらずとも
イノックが帰った時に返してもらえばよいのです――
アニー、あなたのお心次第です。
私は何不自由のない恵まれた境遇なのだから
この私にあなたの子供たちを
学校へやらせて下さい――これが私のお願いです」

二三

するとアニーはその顔を
壁の方へと向けたまま、こう答えました。
「私には、あなたに会わせる顔がありません。
私はさぞやつれ果て、浅ましい女に見えるでしょう。
あなたがおいでになった時、嘆きのあまりに
私の心はひどく乱れておりましたが
今またあなたの優しさに、心は乱れるばかりです。

でもイノックは生きています。
私はそれを信じています。
彼はきちんとお金を返すでしょう。
このご親切にどう報いればよいのでしょう」――返すことはできますが、

二四

そこでフィリップは問いかけました。
「では、アニー、私の願いを聞き入れてもらえるのですね?」
アニーは振り向きざまに、つと立ち上がり、うるんだ瞳でフィリップの優しい顔を少しの間じっと見つめておりました。
「この人に神様のご加護がありますように」
そう祈りつつ、彼の手を取り、握りしめ、
それから彼女は、あちらの小さな庭の方へと

逃げるように去ってゆきました。
その後姿を見送るとフィリップは心が軽くなり
足取りも軽く家へと帰っていったのでした。

二五

それからしばらくの後(のち)フィリップは
アニーの息子と娘を学校に入れてやりました。
必要な本を買い与え、何事につけても
我が子のように親身になって
面倒をみてやるようになりまして
しかしアニーのためを思って
港の口さがない人たちの噂にならぬよう
思いをぐっと胸に秘め
彼女の家の敷居をまたぐことは滅多にありませんでした。
それでも子供らに託して彼は

野菜や果物を贈るのでした。
或いは家の垣根に絡む早咲きのばらや
遅咲きのばら、丘で狩りした野うさぎや
それから時折は、彼女に
恵んでもらっているという引け目を感じさせぬよう
「いつになく細かい粉がひけました、見て下さい」
と理由をつけて、荒野にそびえ風に鳴る
粉場でひいた小麦粉などを贈るのでした。

二六

けれどフィリップは
アニーの心中をはかりかねました——というのも
ごくまれに彼が家を訪ねることがあっても
彼女は感謝の気持で胸がいっぱいになり
とても言葉にできなくて

口数も少なく、黙ってばかりいるからでした。
でも子供たちはフィリップのことを
かけがえのない人と慕っておりまして
彼の姿を見つけると、はるか向こうの街角から
喜びいさんで走り寄り、あたたかなその胸に
飛び込んでくるのでした。
フィリップの家や粉ひき場を訪ねては
我がもの顔に振舞って、
彼がうるさがらずに聞いてくれるのをいいことに
他愛もない悪戯事（いたずらごと）や嬉しかったことどもを
語って聞かせるのでありました。
そうやって始終まとわりついて
一緒に遊んでいるうちに子供たちはいつしか
彼を「フィリップ父さん」と呼ぶようになりました。
イノックの影が薄くなっていくにつれ
次第にフィリップの存在は大きくなっていったのです。

今や子供たちにとってイノックは夢幻のおぼつかない人となりはてておりました——
まるで明けやらぬ並木路の涯に薄れゆく行方知れずの人影のように。
そして十年の永い歳月が流れ去りました。
けれどその間、イノックからはただの一度も便りはありませんでした。

　　二七

そんな或る日の夕暮れ時のことです。
子供たちは友達とハシバミの森へ木の実を拾いに行きたいと言い出しましてそれならばアニーも一緒に行くと申し出ました。
すると子供たちは、だったらフィリップ父さんも誘ってほしいと頼むのでした。

早速粉ひき場へと行ってみるとフィリップは
花粉にまみれた働き蜂のように
全身まっ白になって働いておりました。
「フィリップ父さん、一緒に行こうよ」
そう誘われてフィリップは一旦断わってはみたものの
子供たちに袖を引かれてせがまれると
笑顔で承諾するのでした──それというのも
他でもないアニーが一緒だったからです。
そして彼らは連れ立って森へと出かけてゆきました。

　　二八

しかしきつい坂道をのぼり切り、丘の半ばに到った時、
なだらかに下る緑の谷間の森が
窪みに向かってまばらになるあたりで
アニーは疲れはててしまいました。

「少し休ませてくれないかしら」
彼女は息を切らせてそう言いました。
フィリップは喜んで隣りに腰を下ろしましたが
子供たちはてんでに歓声を上げて
二人からどんどん離れてゆきました。
楽しげにじゃれ合いながら
葉っぱの裏が白いハシバミの樹々の間を駆け抜けて
思い思いに散らばると、鳶色の実の房を取ろうとして
たわむ枝を曲げたり折ったりしております。
互いの名前を呼び交わす子供たちの明るい声は
森のあちこちに響きわたるのでありました。

二九

その一方でフィリップはアニーの横に座りながらも
しばし彼女の存在をすっかり忘れておりました。

胸のうちにはその昔、まさしく森のこの場所で傷ついた獣物（けもの）のようにこっそりと茂みの中に這い込んだ辛く、みじめな思い出がぼんやり浮かんでいたのです。
やがて彼は誠実な顔をふと挙げて言いました。

「聞いてごらんよ、アニー。子供たちが森の中で楽しそうに騒いでいるのを」

しかし彼女は一言も、答えを返してこないので疲れたのかと、彼は訊きました。

「アニー、疲れたのですか？」

重ねて尋ねてみたところ、彼女はいつしか両手の中に顔を埋（うず）めておりました。その姿はフィリップの心をひどくかき乱し怒りにも似た感情を呼び覚ますのでありました。

「船は沈んだのです」

彼はきっぱり言いました。

「船は沈んでしまったのです——そうとしか考えられません。

どうしてあなたはそんなにも思いつめ自分自身を亡ぼして、子供たちを父なく母なき孤児にしようとなさるのですか」
「そんなことを考えていたわけではありません」
アニーは答えました。
「だけど、何故なのでしょう……子供たちの声は私をひどく淋しくさせるのです」

三〇

そこでフィリップはもう少し彼女のそばに近づいて言いました。
「アニー、私には一つ、考えがあるのです——ずっと前から心にあった考えで、ぜんたいいつ頃思いついたのか、自分でも分からないほどですがいずれは話さなければならぬことです。

ああ、アニー……もう十年も前に
あなたを置いていったイノックが未だに生きていようとは
いくら望んでみたところで、それはありえないことです。
だから——私の言うことを聞いて下さい。
あなたが貧しくよるべなく暮らしているのを見ると
私は辛くて堪らない気持になるのです。
それを叶（かな）えるためには、今から私が言うことを——
だのに思う存分に助けてあげることもできなくて……
おそらくあなたはお気づきでしょう——どうか
私の妻となって下さい。
私は喜んであなたの子供たちの父親となります。
子供たちもきっと私のことを父として
慕ってくれるでしょうし、もちろん私も
あの子たちを我が子のように愛しています。
もしもあなたが心を決めて
私の妻となってくれたなら、

こんなにも悲しく心もとない年月を経た後の今からだって、神の祝福をいただいて、この上もなく幸せに暮らしていけることでしょう。考えてもみて下さい――私はそれなりに裕福で面倒をみるべき身寄りもなければ重荷もなく唯一の気がかりといえば、あなたとあなたの子供たちのことだけなのです。私たちは幼い頃から互いのことをよく知り合った仲ではありませんか――そして私はあなたが気づくよりもずっと前からあなたのことを実は愛していたのです」

三一

 すると、アニーは答えました。とても優しい声でした。
「あなたは私たちにとって、神様が

つかわせて下さった天使のようなお人です。
神様はあなたを讃えてらっしゃるに違いありません。
だからこそきっとあなたには神様が
あなたの行いにふさわしい人を
与えて下さるはずです。
フィリップ……私ごときと一緒になるより
ずっと幸せになれる人が必ず現れますわ。
それに……人が二度も恋をするなんて
そんなことができると思われますか？
イノックを愛したのと同じだけ
あなたのことを愛するなんて私にはできません。
フィリップ……あなたは一体
何を望んでいらっしゃるの？」
「私はそれで満足です」
彼は答えました。
「イノックほど愛されなくたって構いません」

「ああ、何てこと」
彼女はすっかり混乱し、怯えた声で言いました。
「フィリップ——どうかしばらくお待ち下さい。もしイノックが帰ってきたら……いいえ、彼がもう帰ってこないことは、よおく分かっておりますが……あと一年だけ——そのあいだに私の心も決まりましょう。もうしばらく待って下さい、お願いです」
フィリップは悲しげな声で言いました。
「アニー、私はもうずいぶん長いこと待ち続けてきたのだからもうしばらくぐらいは待ちましょう」
「いいえ、必ず……」
とアニーは声を上げました。
「固くお約束します——あと一年。私もこの一年を待ちますからあなたも一年お待ち下さい」

フィリップは応えて言いました。
「では一年を待つことにしましょう」

三二

二人はしばらく黙っていました。
やがてフィリップはふと目を挙げて
頭上にそびえる異国の者たちの古塚に
夕陽が名残りおしそうに消えてゆくのを眺めました。
それからアニーのために夜寒(よさむ)を気づかい、立ち上がり、
森の間から下へと声をかけました。
子供たちはすぐに獲物を抱えて登ってきまして
皆な一緒に連れ立って、港へと下りてゆきました。
アニーの家の戸口に立って手を握り
フィリップは優しい声で言うのでした。
「アニー、すまない。

先程私が話をした時、あなたの心は
ひどく乱れておりました——そんなところに
あんな話をした私がばかでした。
私は先程お約束した通り
いつでもあなたを待っています——だけど
あなたはいつでも自由です」
これを聞いてアニーは
涙ながらに答えるのでした。
「私もきっとお約束は守ります」

三三

その時そうは言ったものの
家事や雑用に日々は忙殺されまして
フィリップが口にした最後の言葉——彼女のことを
ずっと前から愛していたという告白を

ぼんやり考えているうちに季節は移り
いつしか次の秋が訪れようとしていました。
そして一年が過ぎ去ったある日
フィリップはアニーの前に立ち
彼女の気持を問いました。

「もう一年経ったのでしょうか?」
彼女は尋ね返しました。
「ええ、もしあの森のハシバミの実が……」
彼は言いました。
「食べ頃になっていたら——外へ出て、
その目で確かめてみて下さい」
けれど彼女は返事するのをためらいました。
「まだ色々と考えなければならないことがあって……
とても大事なことなのです。
だからあと一カ月、猶予を下さい。
一カ月——それ以上は申しません」

フィリップの瞳にふっと翳がさしました。
自分が胸に抱えたこの飢えは生涯癒やされることはないのだろうか、と
そんな不安にかられた彼は
震える声でわなわなと言うのでした。
「あせることはないんですよ、アニー、ゆっくり考えればよいのですから……」
アニーは気の毒で涙が出そうになりましたが
それでも信じられない口実をたくさん並べ立てて
彼の誠実さや辛抱強さを試すかのように
返事を先へ先へと引きのばすのでした。
そうこうするうち月日は流れ
早や半年が経ちました。

52

三四

一方その頃港では、二人の噂でもちきりでした。
誰も彼もが当て推量が外れたのをくやしがり
我がことのようにいらいらいたしておりました。
あれはただフィリップが彼女を弄んでいるだけだ
と言う者もあれば
アニーが彼の気を惹くためにわざと焦らしているのだ
と言う者もありました。
そしてほとんどの人たちは二人を
あざけり、笑っておりました——自分の心も分からない
愚かな二人だと言って。
また心ない連中は互いにくっつきあう蛇の卵のように
卑しい想像をたくましくしてこの先の展開を
面白がっておりました。

アニーの息子はしかし黙っておりました。
むろん沈黙のうちにも彼の横顔には
結婚してほしいという気持がありありと窺(うかが)えましたが。
一方娘は今まで以上にアニーにせがむのでした。
自分たちにこんなにも優しく親切にしてくれる
フィリップの妻となり、貧しく暮らす我が家を
救ってくれればいいのにと勧めるのでした。
フィリップのばら色だった顔色はいつしか
やつれ、蒼ざめていきました。
そしてこれらすべてのことがアニーの胸をしめつけ
鋭く責め立てるのでした。

　　　三五

やがて或る夜のことでした。
眠られぬままにアニーは祈っておりました。

「私の夫イノックはもうこの世にはいないのでしょうか？」

漆黒の闇が彼女を取り囲みじっと黙っているばかり——不安にかられた彼女は寝床を抜け出して、ろうそくに火を灯しました。そして聖書を手に取ってすがる思いで中を開きページの上に指を走らせてみたところ、そこには、

「棕櫚の樹の下」

と記されておりました。

それは彼女にとって何の意味もなさない言葉に思われて、聖書を閉じると、アニーは眠りについたのでした。

すると何ということでしょう！　夢の中で愛するイノックは山頂の棕櫚の樹の下に座っておりました——その頭上には太陽が燦々と輝いております。

これを見てアニーは思いました。

「夫は神に召されたのだ。
天国で神を讃える歌ホザンナを
彼は歌っている。
彼方には、正義の太陽が輝いている。
あの棕櫚はその昔、選ばれた民が葉を折って
神の道に敷きつめたのと同じものだ──。
『ホザンナ、空高く！』」
そこで彼女は夢から醒めて、
これで心は定まりました。
アニーはすぐさまフィリップを呼び寄せて
声を上ずらせて言いました。
「私たちが結婚しない理由がどこにありましょうか」
彼は答えました。
「神のため、そして二人のために、
あなたのお気持さえ決まったのなら
今すぐにでも結婚しましょう」

三六

かくて二人は結ばれました。
祝いの鐘も楽しげに響きわたって
両人はついに結婚したのでした。
けれどアニーの胸が幸せにときめくことはありませんでした。
例えば歩いている時に、彼女は別の足音を聞くような
気がしてなりませんでした。あるいはどこからともなく
耳元で囁く声が聞こえるような……。
彼女は家に一人で残されるのが嫌でした。
一人で外へ出かける気にもなれませんでした。
しばしば彼女は外から帰る時、家に入るのが恐くて
ドアのノブに手をかけたままたたずんでしまうのでした。
何故彼女の心持がそんなふうであるのか
フィリップは分かっているつもりでおりました。

と言うのもそれらは身ごもった女の人には
ごくありがちな反応だったからでした。
そしてフィリップとの間の子供が生まれると
アニーも生まれ変わりました。
新しい母心が胸にわき上がり
彼女にとってフィリップは唯一無二の
頼れる人となりまして、長らく心を悩ませていた
あの不思議な感覚もいつしか消えてしまいました。

三七

さて一方イノックは
ぜんたいどこへ行ってしまったのでしょう？
故郷の港を発ってしばらくは
順調な航海を続けていた「幸運丸」でしたが、
やがてビスケー湾で東に向かう荒波に撲たれて

あやうく転覆しそうになりました。
しかし何とかそれを乗り切りまして、
常夏の大海原を滑るように進んでゆきました。
それから喜望峰のあたりでは永いこと時化と
凪とに翻弄された挙句、
船は再び熱帯の海を過ぎゆきました。
南から吹きよせる貿易風に助けられ
東印度諸島の沖合いを静かに航行した末に
船はようやく東洋の港に碇を下ろしたのでした。

　　三八

そこでイノックは身を入れて
自分の商いに精を出したのでありました。
当時の市場で売るための
いっぷう変わった人形を仕入れたり、子供たちのために

金箔で彩られた龍の玩具を買ったりしたのです。

　　三九

けれど帰りの航海は、不運な旅でありました。
初めの日々はつつがなく、海も静かに凪いでいて
船首を飾る女神の像も、揺らぐことなく、
船の舳先が切り進む白い飛沫をただじっと
その目で見据えておりました。
ところが突然風が止み、そうかと思えばまた吹いて、
次第に強く吹きすさび、さらに激しく逆巻いて、
ついには嵐となりました。
月もない真暗闇の只中で
船は高波に飲み込まれ
「暗礁だ！」と誰かが叫ぶ間もなく
すさまじい響きを立てて難破してしまいました。

何もかも海の藻屑と消えうせて、
後にはイノックと二人の水夫が残るばかり。
三人はあたりに漂う船の残骸や板きれなどに取りすがり
何とか夜をやり過ごしました。
そしてどうにか夜明けには、名もないどこかの島へと
流れついたのでした。
そこには肥えた土地こそあるものの
この広い海の中にあってまったくの孤島でありました。

　　四〇

島には人が生きてゆく上で
十分すぎるほどの食料がありました。
柔かな果実や大きな木の実、
栄養ゆたかな根菜もあれば
人なつっこい野生の動物もいて

憐れみの情さえかけなければ、捕えることは簡単でした。
大海原を見はるかす、山の谷間に彼らは小屋を建て、その屋根を棕櫚の葉っぱで葺きました。
小屋といっても半分は、自然のままの洞窟ではありましたが。
かくて三人はエデンの園さながらの楽園に置かれて、心ならずも永遠に終わらない夏を過ごすことになったのです。

四一

彼らが島にとどまったのには、それ相応の理由がありました。
というのも三人の中で一番年若い子供同然の若者が、難破したあの夜に、ひどく怪我していたからでした。
三年もの間、床に臥せったままで、生死の境をさまよう彼を置き去りにすることなどできなかったのです。

やがて彼が死んだ後、残された二人は、
舟を作るのに頃合いの倒木を見つけ出しました。
けれどイノックの相棒は
印度の人のやり方を真似て、木の幹を
火で焼きえぐり、舟をこしらえようと
無茶をするあまり、暑さにあたって
呆気なく死んでしまいました。
イノックはたった一人、島に取り残されました。
二人の死は神様からの
「待て」という啓示に違いない——彼は
そんなふうに考えて深い孤独に耐えるのでした。

四二

この島の山には頂きまで樹々が生い茂り、
林間の草地や森蔭の曲がりくねった小径(こみち)は

まるで天まで続くかのように見えました。
羽毛の冠みたいな実をつけて、うなだれている細い椰子の樹。
瞬間、きらめきながら目の前を飛び交う虫や小鳥たち。
大木の幹に纏わりさらに岸辺のはてまで蔓を伸ばして咲きほこるヒルガオの怪しい光沢。
これら熱帯の地のあざやかな生物たちの数々をイノックはことごとく目にしたものの
彼が本当に見たいものは、どこにも見当たらなかったのです。
なつかしい人間の顔——あるいは優しい人の声。
けれども聞こえてくるのは、空の高みで輪を描き、飛び交う無数の海鳥のけたたましい叫び声。
うねる大波が岩礁に砕け散る轟きか、花咲く樹々の空いっぱいに枝を張り、

梢をわたるそよ風の囁き
あるいはまた岩場をつたって海へと流れ込む
小川のせせらぎばかりでした。
あてどなく行きつ戻りつイノックは
一人渚(なぎさ)をさまよいました。
あるいは日がな一日じゅう、
海岸を眺めわたせる谷間の一角に
ぼんやり座っておりました。
その目ははるかな海の上に
白い帆影を探し続けていたものの
虚しい日々が漠然と過ぎゆくばかりでありました。
来る日も来る日も灼熱の太陽が
真っ赤な陽射しを棕櫚の樹や羊歯(しだ)の葉っぱに浴びせかけ、
断崖絶壁の岩肌に照り映えておりました。
光は東の海の上に赤々と昇り立ち
光はその島の真上に赤々と燃えさかり

光は西の海の上に赤々と沈んでゆきました。
やがて空には星たちが我もわれもと輝き始め
夜の底には海鳴りがひときわ高く轟いて
それからまたも灼熱の陽が赤々と燃え立って――けれど
舟の帆影はちらりとも見えずじまいでありました。

　　四三

それでもイノックは海の彼方を見続けました。
少なくとも傍目には、見続けているように見えました。
我を忘れてただじっと
金色の蜥蜴が身体にとまったまま
逃げないほどに身動ぎもせず
見るともなしに眺めやる彼の瞳には幻が
浮かんで消えて、また浮かぶのでした。
あるいは彼自身が幻となり、

思い出の中のものやこと、場所や人々のもとを訪ねていったのかもしれません。

赤道を越えたはるか彼方のほの暗い島のほとりのなつかしい故郷(ふるさと)……。

子供たちのこと、赤ん坊の片言やアニーのこと。

小さな我が家、丘をのぼる細い坂道、粉屋の櫓(やぐら)、緑の小径、孔雀の羽根形に刈り込んだ水松(いちい)の樹、森閑としたあのお屋敷。乗りなれた馬や

それから売ってしまった可愛い持舟。

肌寒い十一月の夜明け、露(つゆ)に濡れぼんやり黒ずむ丘のたたずまい。

静かにそぼ降る霧雨や、枯葉の匂い、そして鉛色(にびいろ)の海から響いてくる潮騒の音。

四四

またある時イノックは耳鳴りがする耳の奥底でかすかながらも朗らかに、はるか彼方の故郷の教会の鐘の音が鳴り響くのを聞きました。
とたんに何故かイノックは身震いしながら立ち上がりました。
そして自分の今いる場所が、この美しくも忌わしい島であることを思い出し、はッと我にかえるのでした。
淋(さび)しくて、やりきれなくて彼の胸は圧(お)し潰されそうになりました。
彼がかろうじて自分を支え、正気を保っていられたのは、いつどこにいても共にいて下さる神様に話しかけてきたからです。

そうしなければとっくの昔に孤独のあまり
彼は死んでいたことでしょう。

　　四五

こうして一年、また一年と、
乾期と雨期とが巡りめぐって、いつしかイノックの髪にも
白いものが目立つようになっておりました。
だけど家族に会いたい、
故郷(ふるさと)の地に帰りたい、
そういう彼の切なる願いが消え去ることはありませんでした。
そんなある日、突然のことです。
孤独の中に閉じ込められた彼の運命に
終止符が打たれる時が訪れました。
吹き荒れる逆風に煽(あお)られて、一隻(そう)の船が
「幸運丸」と同じように、航路を外れて

どこともしらずに、この島のほとりに漂着したのです。

明け方、船員の一人が島を取り巻く霧の晴れ間に小さな滝があるのを見つけて、さっそく一隊が島へと送り込まれました。

上陸すると船員たちは、思い思いに散らばって、小川や湧き水を探し始めました。

彼らが浜辺に集まって、がやがや騒ぎ立てていたところへ谷間をよろよろ下りてくる者の姿が見えました。

長い髪をふり乱し、長い髯を生やした男が一人。肌の色は焦げ茶で、服らしき奇妙なものを身にまとい何かぶつぶつ呟いては、いら立って口ごもり、わけの分からぬ身ぶり手ぶりをする様は狂人であるかのようにも思えました。

やがて男は先に立ち、船員たちを案内しました――

小川のきれいなせせらぎへと。
船員たちに立ちまじり、彼らの話を聞くうちに永らくこわばっていた舌もほころび、ようやくイノックは彼らが理解できる程度に話せるようになりました。
船員たちは樽一杯に水を詰めると、イノックを連れてこの島を後にしました。
彼はまだ覚束ない舌で、自分の身に起きた事のあらましを語り出すのでありました。
船員たちは口を揃えて信じられない話だ、と呆れるばかりでしたが、よくよく聞くうちにどんどん話に引き込まれ、誰もが胸を撲たれたのでした。
彼らはイノックに着るものを与え、故郷の港まで送り届けてやることにしました。
イノックは他の船員たちに混じって、一緒に働くことがよくありました——そうやって、

71　ENOCH ARDEN

逃れようのない孤独を少しでも紛らわせようとしていたのです。

何しろイノックが本当に知りたいことを訊ねても船員の誰一人としてイノックと同じ故郷の者はおらず、答えられる者などいなかったのです。

そうして単調な航海は、予定よりも大分遅くその海路を進めておりました。

彼らの船は、本当に船旅に耐えられるのか？ と、思わず訊ねてみたくなるようなぼろ船でした。

ただイノックの想いだけが先へ先へと、けだるくなびく風を追い越して、はるか彼方の故郷の地へと飛んでいくのでした。

うす雲の朧月夜の空の下

彼は恋する人が切なさにため息をもらす時のように全身の血にしみわたるくらいにはるかな故郷から吹いてくる風を想像し露に濡れた、萌ゆる草原の朝の空気を

胸いっぱいに吸い込むのでした。
そしてその朝、船のお偉方や船員たちは
この孤独な男を哀れと思い、皆それぞれに
金を持ち寄って、彼に与えてくれました。
さらに海沿いに航路をとったのち、彼らは
イノックを陸に下ろしました——こここそ
幾年もの昔に彼が船出した、あの港でありました。

　　四六

イノックは道行く人に言葉もかけず
ひたすら我が家へと——ああ、我が家！
この俺に帰る家があるのか⁉
そう思いながらも我が家へと急ぐのでした。
陽は照り映え、空は輝いていましたが、
寒さのきつい日でありました。

やがて、くねる海辺の嶮岸が途切れた先の入江に開けた二つの港のあたりから霧が、海を越えて押し寄せてきました。あたり一面、灰色に包まれて、街道筋の行く手も塞がれ、ただかすかに左右にひろがる樹立ちや畑、荒野などのうらぶれた様子が見えるばかりです。
葉もない木の枝にとまった駒鳥が悲しげな声で啼いておりました。
しとどに濡れた露の滴にたえかねて、枯れ葉がぼさりッと地面の上に散り落ちます。
霧雨はしだいに濃くなり、あたりも段々暗くなってきました。
やがてようやく霧の中にぼうっと浮かび上がる明かりが目に入り、そっちへ行こうと歩を進めると、すぐにその明かりは彼を照らしておりました。
とうとう彼は自分の故郷の町に帰り着いたのです。

四七

足音を立てないように気をつけながら
彼は町中の長い坂道を歩いてゆきました。
心には、思いつくかぎりの悪い想像が
浮かんでは、消えていきます。
そして彼は、自分の家にたどり着いたのです。
彼はうつ向いて、敷石を眺めながら歩きました。
そこはかつてアニーと暮らした場所——
子供たちが生まれた場所——
遠い昔、七年間のあの幸せな家族の暮らしがあった場所——
しかしその家の中には灯もなく、
人のざわめき声も聞こえませんでした。
霧雨の中、〈空家売り出し中〉の看板の文字が、
ぼうっと浮かび上がっております。

「死んだのか……それとも再婚してしまったのだろうか?」
考えあぐねながらイノックは、来た道をゆっくり下っていくのでありました。

四八

そのまま彼は舟着き場や狭い波止場にまで下りてゆき、自分が昔通ったことのある、なじみの酒場を探してみました。
そしてやっとのことで彼は古風な造りのその店の軒先へとたどり着いたのです。
建物は今にも倒れそうなほど古く、朽ちかけていて、突っかえ棒さえ嚙ませてある有様でした。
「これはもう営業していないのだろう」
と思われましたが、その実、店の主人は亡くなっていたものの、未亡人のミリアム・レーンが、大して儲かりもしないその店を開いていたのでした。

かつては荒くれた腕っ節自慢の〝海の男〟たちの
溜まり場となっていたものでしたが、
今や当時の賑わいもなく、ひどくさびれてしまいながらも
流浪の旅人たちの宿として残っていたのです。
そこでイノックは自分の身元などについては
一切話さずに、そのまま何日も泊まり続けました。

四九

ミリアム・レーンはお人好し、
なれどおしゃべりでもありまして、
彼が一人でいるのを見ると、呼びもしないのにやってきて、
小さな港界隈の噂話を何やかや
話して聞かせてくれるのでした。
彼がイノックであることにミリアムは気づきませんでした。
というのも彼があまりに焦げ茶の肌をしていて

腰も曲がっていたし、見るからに弱そうだったからです。
ミリアムはイノックの家族のことも一切合財いっさいがっさい話して聞かせるのでした——彼の一番下の男の子の死。アニーがどんどん貧しくなっていったことや、フィリップがどんな経緯いきさつで子供たちを学校に入れてやったか。またその後もずっと面倒をみ続けたこと。
フィリップのアニーへの求婚がなかなか実らなかったこと、アニーが承諾しようとしなかったこと、そして結婚。彼ら二人の間に子供が生まれたこと。
それらを聞かされている間、彼は表情を曇らせることもなく、微動だにしませんでした——まるでこの話にまったく心を動かされなかった人のようでした。
ただ最後にミリアムがこう話を結んだ時、
「イノックは可哀そうな人だよ。あれ以来船は難破して行方不明なんだから」
彼は悲しげに白髪まじりの頭をふって、

独りごとのように呟きました。
「難破して行方不明……」
そして深いため息まじりの声でもう一度
小さな呟きを漏らすのでした。
「行方不明、か……」

五〇

けれどイノックのアニーの顔をもう一度見たい、という気持は日増しに強くなっていったのでした。
「もしほんの一瞬でも
彼女の愛らしい横顔を見ることができたら……
そして彼女が幸せであることを確かめられたら」
そんな願いが亡霊のように彼の胸に浮かんでは消えてつきまとい、彼をひどく苦しめるのでした。
あるどんよりと曇った十一月の夕暮れ時——。

宵闇が迫る頃、イノックは一人、丘へ向かいました。
そこに腰かけ、眼下にひろがる景色を
じっと見つめました――すると彼の心に
数え切れない思い出が甦り、
切なくて声も出ないほどであります。
やがてやわらかな赤い火が、四角い窓の隅に灯りました。
それははるか彼方に臨めるフィリップの家の裏手から
漏れて輝く明かりでありました。
イノックは心迷いながらも、まるで渡り鳥が
灯台の灯におびき寄せられて物狂おしくそこにぶつかり
旅に疲れた命を落としてしまうかのように
その明かりに誘われてゆきました。

五一

フィリップの家は町の通りに面して

山に近い外れの方にありました。
裏手には、野原に通ずる門があり、
四方に壁をめぐらした小さな庭には草木が茂り
その中に、古い水松(いちい)の樹が青々と枝を広げておりました。
周囲に砂利を敷いた小径(こみち)が走り、
庭の真ん中を一筋の道が横切っております。
けれどイノックはその道を避け、
壁沿いに水松の樹に隠れて忍び寄りました。
そこから彼が垣間見たものは──ああ、
いっそ見ない方がよかったものでした。
彼ほどの悲しい男には、よいも悪いもなかろうけれど。

五二

磨かれたテーブルの上で光を弾く

銀の食器や陶器など。暖炉には温かそうな火が灯り、その右手にはかつては痩せて貧相だったフィリップが今ではすっかり健康そうに貫禄も出て、膝の上には自分の子を抱いております。その背後からよりかかる少女——若くて背の高い、アニー・リーそのままの姿。金髪で、すらりとしていて、赤ん坊をあやそうとして、高く掲げた指先にリボンの輪っかをぶら下げて。赤ん坊は福々しい両手をさし上げ、それを摑もうとするのですが、上手くいかなくてみんなを笑わせています。そして暖炉の左手には、赤ん坊の様子に目を配りながら、振り向いては男の子に話しかけている母親が見えました。

その傍らに立つ背の高い男の子は、
母親が何かしら面白いことを話すと見えて、
嬉しそうに微笑みながら聞いております。

五三

死人のようになっていたイノックははッとして
現実に引き戻されました。
かつて自分の妻だったが、
今はもうそうではない彼女を見て。
フィリップとの間に生まれた赤ん坊が、
彼の膝の上にいるのを見て。
そして彼らの家庭の温かさ、
平和で幸せそうに暮らしているのを見て。
イノックの子どもたちが健康に、
美しく育ったのを見て。

それからフィリップがそこに自分の居場所を見つけ一家の主人として、愛されながら暮らしているのを見て。
イノックは、ミリアム・レーンから事の一部始終を聞いていたにもかかわらず、実際に目にした光景が想像を絶するものだったので、激しく動揺し、軽いめまいを覚えました。
そばにある水松の樹の枝を力いっぱい握りしめ今にも大声で叫びそうになるのを彼は必死でこらえました。
もしそんなことをしたら審判の日に鳴るという喇叭の響きさながらに暖炉のほとりの幸福がみじんに砕け散っていたことでしょう。

五四

イノックは泥棒みたいにこっそりと
向きを変えました。靴の下の
砂利が音を立てないように忍び足で
庭の壁を手で伝いながら。
彼は今にも気絶して躓(つまず)き、
見つかりはしないかと、恐れておりました。
やっとの思いで野原へ続く門の前までたどり着き、
それを開けるとすぐにそっと閉めます。
まるで病人を気遣って、病室の扉を静かに
開けたてするかのように門を後にし、
彼は野原へと出たのでした。

五五

それからイノックは跪(ひざまず)こうとしたものの弱った脚がよろめいて、前のめりに倒れ込んでしまい、指先を土の中に突き入れたままで、神に祈りを捧げるのでした。

「……無理です。神様……とても耐えられません。何故、どうして私をあの島から連れ戻したのです？ 神様！ あなたはあの島にいる間じゅう私を支えて下さいました。今、また、しばらくの間、たった一人の私に、力を貸して下さい。私が生きてここに居ることを、アニーに決して告げないような強い心を与えて下さい。彼女の人生を壊さないような分別を私に与えて下さい。

「ああ……でも子供たちには一言くらい声をかけてもよいでしょうか——いや、いけない。あの子たちは私の顔すら知らないのだ。イノック、余計なことをするのではない。アニーに生きうつしのあの娘にも、我が息子にも、父であるからこそ私は、声をかけてはならないのだ」

五六

祈りの言葉も途切れがちで、心の中は乱れに乱れ、彼はしばらくの間その場でうつろに倒れ伏しておりました。
そしてずいぶん経ってから、ようやくぼんやり立ち上がり、自分一人のねぐらへと歩き出すのでした。
一筋続く町並みの細い坂道を下りながら、彼は口の中で、まるでうわごとのようにぼんやり呟いておりました。

「……アニーに知らせては、いけない。決して彼女に告げてはならない……」
何度も何度も繰り返し、自分に言いきかせておりました。

五七

しかしイノックはいつまでも悲しみに沈んでばかりではいませんでした。
固い決意と信仰とが、彼を支えてくれました。
そして胸の奥底から祈ることが、心を漱いでくれたのでしょう彼の心は濁ることなく、清らかな気持を失わずにいられたのです。
ミリアム婆さんに向かって、ある時、彼は言いました。
「あんたがいつだか話してくれたね、あの粉屋の女房なんだが、前の亭主がまだ生きてやしないかと、心配してはいないのかね」
「そりゃあ心配してるともさ。可哀そうにねえ……思い悩んでいるみたいだよ。もしお前さんが

イノックの死ぬところを見届けたと話してやれるなら、あの人はどんなにか慰められることだろうにねえ」

これを聞いて、イノックは考えました。

「自分が死んで、神様に召されてから、知らせてやることにしよう。

それまではただひたすらに召されるその日を待つことにしよう」

かくてイノックは他人(ひと)の施しにすがるのを恥じ、自分でせっせと働き出しました。

どんな仕事でもできる腕があったのである時は桶を作ったり、またある時は大工となったり、漁師のために漁の網を編んでやったり、わずかばかりの貨物を運んでくる背の高い帆船(はんせん)の荷の積み下ろしを手伝ったりして、貧しいながらも自分一人の生計を立ててゆけたのです。

とはいえ自分のためだけの働きでは、生きる甲斐もなく、何の望みもそこにはない、

空っぽの仕事でありました。
かくて早くも一年の年月が巡りめぐって、
故郷へ帰り着いた当日を再び迎える頃には、
イノックは身体が何かものうくなって、
どこか具合が悪くなりました。
いつとはなしに弱ってきて、やがて仕事もできなくなり、
引きこもって座ってばかりいましたが、
ついには床にふせってしまいました。
だけどイノックは自分の体の衰弱をありがたく思いました。
この人生が終わってくれる兆しを感じて
彼はうれしかったのです——その喜びは
灰色のもやの切れ間から、希望を乗せた助け船が
漕ぎ寄せてくるのを見つけた難破船の人の喜びよりも
ずっと大きなものでした。

五八

何故なら一縷の希望の光が射し込むように思えたからです。

「私が死んだその時にこそ、私が最後まで彼女を愛していたことを知ってもらえる……」

彼は大きな声でミリアム・レーンを呼び寄せると、言いました。

「おかみさん、私には実は一つの秘密がある——これから話すけれども、その前に誓っておくれ。私が死ぬまでは決して人には漏らさないと聖書にかけて誓っておくれ」

「死ぬなんて……」

お人好しのミリアムは応えました。

「馬鹿なことを言いなさんな。お前さんの病気は、

「誓ってくれ、聖書にかけて」

この私が、きっと治してあげるから」

イノックは静かに、強い口調で言いました。

ミリアムは怪訝に思いながらも聖書に手をのせ誓いました。それを確かめると彼女を見つめ、灰色の瞳を見開いて言うのでした。

「この港町に住んでいた、イノック・アーデンをあんたは知っているかね」

「知っているかって？　もちろんですとも。遠くからでもあの人なら見分けがついたさ。そう、そう……町の通りを下ってくるあの人の姿が目に浮かびますよ。胸を張ってね、どんな荒くれ者の前でも堂々としていたっけ……」

これを聞くとイノックはゆっくりと物悲しげに答えました。

「その彼は、今はもう胸を張っていないし、誰も、彼のことを構う者はいない……私の命は、

もう三日とはもたないだろう。だから言うのだが、私こそはその男、イノックなのだ」

言われてミリアムは驚きの声を上げました。

「お前さんがアーデンだって⁉　嘘でしょう？　だってあの人は、お前さんよりずっと背が高かったもの」

「神様が私の腰を曲げて、私はこんなふうになったのだ。一人っきりの淋しさに、私はすっかり打ちひしがれた。だが本当だ。私は確かにイノックなのだ。

そしてあの女を──今では苗字も変わってしまいフィリップ・レイに嫁いだアニーのことをかつては自分の妻としていた……まあ座って話を聞いてくれないか」

そう言ってイノックは、すべてを語り出しました。航海のこと、難破したこと、孤独な長い歳月のこと帰ってきて、アニーの姿を垣間見たこと、そして決心したことと、それを今まで守り抜いたこと……。

涙もろいミリアム婆さんは、話を聞きながら貰い涙に泣き濡れました。今すぐにでも外へ出て、イノック・アーデンが帰ってきたよ、苦しみ抜いて、運命をのりこえて今、ここにこの家にいるんだよ、とふれ回りたい衝動に彼女はかられておりました。
けれど口にするのは空恐ろしく、聖書に誓いを立ててもいたので何とか思いとどまったのです。

「お前さん、死ぬ前に子どもたちにお会いなさいな。アーデン、私が連れてきてあげようか」

言いながらミリアムは立ち上がり、彼らの家へ向かおうとしました。
その申し出にイノックは少なからず心惹かれてしばらく黙っていましたが、思い返して答えるのでした。

五九

「おかみさん、お願いだ。もう臨終(りんじゅう)も近い今
私の心を乱さないでおくれ。
私のたった一つの望みをどうか遂げさせてくれ。
さあ座って。私がまだ口をきけるうちに
私の話をよく聞いて、ちゃんと呑み込んでおいて
あんたに頼みがあるのだが……もしもアニーと会ったなら
伝えてほしい——私が死んだということを。
いまわの際まで彼女を祝福し
彼女のために祈っていたと。
彼女を愛して死んでいったと。
今は互いに隔(へだ)てられ、違う人生を歩んでいるけれど
かつて二人が寄りそって、この肩に彼女の髪が触れるのを感じながら
暮らしていた頃と同じように

私はアニーを愛していたと。
そして私の可愛い娘……母親そっくりのあの子には
私の最後の一息までも、彼女を祝福する
祈りのために使っていたと伝えてほしい。
それから私の息子にも、彼の人生を
祝福しながら逝ったと伝えておくれ。
そしてフィリップにも……彼は私の家族のために
よかれと思うことをしてくれた。彼のために私が
感謝の祈りを捧げていたと伝えてくれ。
もしも子どもたちが私の死顔を見たいと言うのなら
二人とも、生きている時の私を知らないのだから
見に来させてもかまわない。私は
二人の父親なのだから。しかしアニーだけは
決して来させてはならない。私の死顔を見たら
彼女は一生苦しむことになるだろうから。
さて、家族の中でただ一人、あの世へ行く私のことを

喜んで迎えてくれる者がある。
この一房の髪こそ、その子のものだ。アニーが切って
渡してくれた髪の毛を、これまで長い年月の間
肌身はなさず、持ち歩いていたのだ。
墓の中まで持ってゆくつもりだったが、今
考えが変わった——何故なら、あの子には
もうじき天国で会えるのだから。
私が死んだらこの髪をどうかアニーに渡してほしい。
少しは慰めになるだろうし、そして何よりも
これが証拠になるはずだ——私が、
あのイノックであるということの」

六〇

　そう言って彼は口をつぐみました。
しかしながら残らずすべてを請(う)けあったミリアム・レーンが

あまりに口達者（くちだっしゃ）な返事をするものだから
再び彼は目を見開いて彼女を見つめ
繰り返し、自分の願いを言いきかせるのでした。
そこで彼女はもう一度、聖書に誓いを立てました。

六一

やがて、それから三日めの夜のことでした。
イノックは身動（みじろ）ぎもせずに、青ざめた顔でまどろみ
ミリアムはそばに付き添って、夜もすがら
時折、居眠りをしておりました。
その時不意に沖の方から大きな海鳴りが轟（とどろ）きわたり
港の家々を残らず震わせました。
イノックは目を覚まして、起き上がろうとし
両手を大きく広げて声高に叫びました。
「船だ……船だ！　俺は助かった！」

叫ぶなり彼は仰向けに倒れ込み
それきりこときれてしまいました。

　　六二

こうして男らしく、精一杯の命を生きた魂は
この世を去っていったのでした。
人々はこの小さな港では、かつて例を見なかったほどの
盛大な葬儀の式をととのえて
彼の偉大な人生をたたえ、心から
永遠(とわ)の別れを悲しんだのでありました。

And say to Philip that I blest him too;
He never meant us any thing but good.
But if my children care to see me dead,
Who hardly knew me living, let them come,
I am their father; but she must not come,
For my dead face would vex her after-life.
And now there is but one of all my blood,
Who will embrace me in the world-to-be:
This hair is his: she cut it off and gave it,
And I have borne it with me all these years,
And thought to bear it with me to my grave;
But now my mind is changed, for I shall see him,
My babe in bliss: wherefore when I am gone,
Take, give her this, for it may comfort her:
It will moreover be a token to her,
That I am he.'

     He ceased; and Miriam Lane
Made such a voluble answer promising all,
That once again he roll'd his eyes upon her
Repeating all he wish'd, and once again
She promised.

     Then the third night after this,
While Enoch slumber'd motionless and pale,
And Miriam watch'd and dozed at intervals,
There came so loud a calling of the sea,
That all the houses in the haven rang.
He woke, he rose, he spread his arms abroad
Crying with a loud voice 'a sail! a sail!
I am saved'; and so fell back and spoke no more.

 So past the strong heroic soul away.
And when they buried him the little port
Had seldom seen a costlier funeral.

Whereby the man could live ; and as the year
Roll'd itself round again to meet the day
When Enoch had return'd, a languor came
Upon him, gentle sickness, gradually
Weakening the man, till he could do no more,
But kept the house, his chair, and last his bed.
And Enoch bore his weakness cheerfully.
For sure no gladlier does the stranded wreck
See thro' the gray skirts of a lifting squall
The boat that bears the hope of life approach
To save the life despair'd of, than he saw
Death dawning on him, and the close of all.

For thro' that dawning gleam'd a kindlier hope
On Enoch thinking 'after I am gone,
Then may she learn I loved her to the last.'
He call'd aloud for Miriam Lane and said
'Woman, I have a secret—only swear,
Before I tell you—swear upon the book
Not to reveal it, till you see me dead.'
'Dead' clamour'd the good woman 'hear him talk!
I warrant, man, that we shall bring you round.'
'Swear' added Enoch sternly 'on the book.'
And on the book, half-frighted, Miriam swore.
Then Enoch rolling his gray eyes upon her,
'Did you know Enoch Arden of this town?'
'Know him?' she said 'I knew him far away.
Ay, ay, I mind him coming down the street ;
Held his head high, and cared for no man, he.'
Slowly and sadly Enoch answer'd her ;
'His head is low, and no man cares for him.
I think I have not three days more to live ;
I am the man.' At which the woman gave
A half-incredulous, half-hysterical cry.

'You Arden, you! nay,—sure he was a foot
Higher than you be.' Enoch said again
'My God has bow'd me down to what I am ;
My grief and solitude have broken me ;
Nevertheless, know you that I am he
Who married—but that name has twice been changed—
I married her who married Philip Ray.
Sit, listen.' Then he told her of his voyage,
His wreck, his lonely life, his coming back,
His gazing in on Annie, his resolve,
And how he kept it. As the woman heard,
Fast flow'd the current of her easy tears,
While in her heart she yearn'd incessantly
To rush abroad all round the little haven,
Proclaiming Enoch Arden and his woes ;
But awed and promise-bounden she forbore,
Saying only 'See your bairns before you go!
Eh, let me fetch 'em, Arden,' and arose
Eager to bring them down, for Enoch hung
A moment on her words, but then replied.

'Woman, disturb me not now at the last,
But let me hold my purpose till I die.
Sit down again ; mark me and understand,
While I have power to speak. I charge you now,
When you shall see her, tell her that I died
Blessing her, praying for her, loving her ;
Save for the bar between us, loving her
As when she laid her head beside my own.
And tell my daughter Annie, whom I saw
So like her mother, that my latest breath
Was spent in blessing her and praying for her.
And tell my son that I died blessing him.

His wife his wife no more, and saw the babe
Hers, yet not his, upon the father's knee,
And all the warmth, the peace, the happiness,
And his own children tall and beautiful,
And him, that other, reigning in his place,
Lord of his rights and of his children's love,—
Then he, tho' Miriam Lane had told him all,
Because things seen are mightier than things heard,
Stagger'd and shook, holding the branch, and fear'd
To send abroad a shrill and terrible cry,
Which in one moment, like the blast of doom,
Would shatter all the happiness of the hearth.

  He therefore turning softly like a thief,
Lest the harsh shingle should grate underfoot,
And feeling all along the garden-wall,
Lest he should swoon and tumble and be found,
Crept to the gate, and open'd it, and closed,
As lightly as a sick man's chamber-door,
Behind him, and came out upon the waste.

  And there he would have knelt, but that his knees
Were feeble, so that falling prone he dug
His fingers into the wet earth, and pray'd.

  'Too hard to bear! why did they take me thence?
O God Almighty, blessed Saviour, Thou
That did'st uphold me on my lonely isle,
Uphold me, Father, in my loneliness
A little longer! aid me, give me strength
Not to tell her, never to let her know.
Help me not to break in upon her peace.
My children too! must I not speak to these?
They know me not.   I should betray myself.
Never : no father's kiss for me—the girl
So like her mother, and the boy, my son.'

  There speech and thought and nature fail'd a little,
And he lay tranced ; but when he rose and paced
Back toward his solitary home again,
All down the long and narrow street he went
Beating it in upon his weary brain,
As tho' it were the burthen of a song,
'Not to tell her, never to let her know.'

  He was not all unhappy.   His resolve
Upbore him, and firm faith, and evermore
Prayer from a living source within the will,
And beating up thro' all the bitter world,
Like fountains of sweet water in the sea,
Kept him a living soul.   'This miller's wife'
He said to Miriam 'that you told me of,
Has she no fear that her first husband lives?'
'Ay ay, poor soul' said Miriam, 'fear enow!
If you could tell her you had seen him dead,
Why, that would be her comfort ;' and he thought
'After the Lord has call'd me she shall know,
I wait His time' and Enoch set himself,
Scorning an alms, to work whereby to live.
Almost to all things could he turn his hand.
Cooper he was and carpenter, and wrought
To make the boatmen fishing-nets, or help'd
At lading and unlading the tall barks,
That brought the stinted commerce of those days ;
Thus earn'd a scanty living for himself :
Yet since he did but labor for himself,
Work without hope, there was not life in it

With daily-dwindling profits held the house;
A haunt of brawling seamen once, but now
Stiller, with yet a bed for wandering men.
There Enoch rested silent many days.

  But Miriam Lane was good and garrulous,
Nor let him be, but often breaking in,
Told him, with other annals of the port,
Not knowing—Enoch was so brown, so bow'd,
So broken—all the story of his house.
His baby's death, her growing poverty,
How Philip put her little ones to school,
And kept them in it, his long wooing her,
Her slow consent, and marriage, and the birth
Of Philip's child: and o'er his countenance
No shadow past, nor motion: anyone,
Regarding, well had deem'd he felt the tale
Less than the teller: only when she closed
'Enoch, poor man, was cast away and lost'
He, shaking his gray head pathetically,
Repeated muttering 'cast away and lost;'
Again in deeper inward whispers 'lost!'

  But Enoch yearn'd to see her face again;
'If I might look on her sweet face again
And know that she is happy.' So the thought
Haunted and harass'd him, and drove him forth,
At evening when the dull November day
Was growing duller twilight, to the hill.
There he sat down gazing on all below;
There did a thousand memories roll upon him,
Unspeakable for sadness. By and by
The ruddy square of comfortable light,
Far-blazing from the rear of Philip's house,
Allured him, as the beacon-blaze allures
The bird of passage, till he madly strikes
Against it, and beats out his weary life.

  For Philip's dwelling fronted on the street,
The latest house to landward; but behind,
With one small gate that open'd on the waste,
Flourish'd a little garden square and wall'd:
And in it throve an ancient evergreen,
A yewtree, and all round it ran a walk
Of shingle, and a walk divided it:
But Enoch shunn'd the middle walk and stole
Up by the wall, behind the yew; and thence
That which he better might have shunn'd, if griefs
Like his have worse or better, Enoch saw.

  For cups and silver on the burnish'd board
Sparkled and shone; so genial was the hearth:
And on the right hand of the hearth he saw
Philip, the slighted suitor of old times,
Stout, rosy, with his babe across his knees;
And o'er her second father stoopt a girl,
A later but a loftier Annie Lee,
Fair-hair'd and tall, and from her lifted hand
Dangled a length of ribbon and a ring
To tempt the babe, who rear'd his creasy arms,
Caught at and ever miss'd it, and they laugh'd:
And on the left hand of the hearth he saw
The mother glancing often toward her babe,
But turning now and then to speak with him,
Her son, who stood beside her tall and strong,
And saying that which pleased him, for he smiled.

  Now when the dead man come to life beheld

The silent water slipping from the hills,
They sent a crew that landing burst away
In search of stream or fount, and fill'd the shores
With clamour. Downward from his mountain gorge
Stept the long-hair'd long-bearded solitary,
Brown, looking hardly human, strangely clad,
Muttering and mumbling, idiotlike it seem'd,
With inarticulate rage, and making signs
They knew not what : and yet he led the way
To where the rivulets of sweet water ran ;
And ever as he mingled with the crew,
And heard them talking, his long-bounden tongue
Was loosen'd, till he made them understand ;
Whom, when their casks were fill'd they took aboard :
And there the tale he utter'd brokenly,
Scarce credited at first but more and more,
Amazed and melted all who listen'd to it :
And clothes they gave him and free passage home ;
But oft he work'd among the rest and shook
His isolation from him. None of these
Came from his county, or could answer him,
If question'd, aught of what he cared to know.
And dull the voyage was with long delays,
The vessel scarce sea-worthy ; but evermore
His fancy fled before the lazy wind
Returning, till beneath a clouded moon
He like a lover down thro' all his blood
Drew in the dewy meadowy morning-breath
Of England, blown across her ghostly wall :
And that same morning officers and men
Levied a kindly tax upon themselves,
Pitying the lonely man, and gave him it :
Then moving up the coast they landed him,
Ev'n in that harbour whence he sail'd before.

  There Enoch spoke no word to anyone,
But homeward—home—what home?   had he a home?
His home, he walk'd. Bright was that afternoon,
Sunny but chill ; till drawn thro' either chasm,
Where either haven open'd on the deeps,
Roll'd a sea-haze and whelm'd the world in gray ;
Cut off the length of highway on before,
And left but narrow breadth to left and right
Of wither'd holt or tilth or pasturage.
On the nigh-naked tree the Robin piped
Disconsolate, and thro' the dripping haze
The dead weight of the dead leaf bore it down :
Thicker the drizzle grew, deeper the gloom ;
Last, as it seem'd, a great mist-blotted light
Flared on him, and he came upon the place.

  Then down the long street having slowly stolen,
His heart foreshadowing all calamity,
His eyes upon the stones, he reach'd the home
Where Annie lived and loved him, and his babes
In those far-off seven happy years were born ;
But finding neither light nor murmur there
(A bill of sale gleam'd thro' the drizzle) crept
Still downward thinking 'dead or dead to me !'

  Down to the pool and narrow wharf he went,
Seeking a tavern which of old he knew,
A front of timber-crost antiquity,
So propt, worm-eaten, ruinously old,
He thought it must have gone ; but he was gone
Who kept it ; and his widow, Miriam Lane,

Sun-stricken, and that other lived alone.
In those two deaths he read God's warning 'wait.'

    The mountain wooded to the peak, the lawns
And winding glades high up like ways to Heaven,
The slender coco's drooping crown of plumes,
The lightning flash of insect and of bird,
The lustre of the long convolvuluses
That coil'd around the stately stems, and ran
Ev'n to the limit of the land, the glows
And glories of the broad belt of the world,
All these he saw; but what he fain had seen
He could not see, the kindly human face,
Nor ever hear a kindly voice, but heard
The myriad shriek of wheeling ocean-fowl,
The league-long roller thundering on the reef,
The moving whisper of huge trees that branch'd
And blossom'd in the zenith, or the sweep
Of some precipitous rivulet to the wave,
As down the shore he ranged, or all day long
Sat often in the seaward-gazing gorge,
A shipwreck'd sailor, waiting for a sail:
No sail from day to day, but every day
The sunrise broken into scarlet shafts
Among the palms and ferns and precipices;
The blaze upon the waters to the east;
The blaze upon his island overhead;
The blaze upon the waters to the west;
Then the great stars that globed themselves in Heaven,
The hollower-bellowing ocean, and again
The scarlet shafts of sunrise—but no sail.

    There often as he watch'd or seem'd to watch,
So still, the golden lizard on him paused,
A phantom made of many phantoms moved
Before him haunting him, or he himself
Moved haunting people, things and places, known
Far in a darker isle beyond the line;
The babes, their babble, Annie, the small house,
The climbing street, the mill, the leafy lanes,
The peacock-yewtree and the lonely Hall,
The horse he drove, the boat he sold, the chill
November dawns and dewy-glooming downs,
The gentle shower, the smell of dying leaves,
And the low moan of leaden-colour'd seas.

    Once likewise, in the ringing of his ears,
Tho' faintly, merrily—far and far away—
He heard the pealing of his parish bells;
Then, tho' he knew not wherefore, started up
Shuddering, and when the beauteous hateful isle
Return'd upon him, had not his poor heart
Spoken with That, which being everywhere
Lets none, who speaks with Him, seem all alone,
Surely the man had died of solitude.

    Thus over Enoch's early-silvering head
The sunny and rainy seasons came and went
Year after year. His hopes to see his own,
And pace the sacred old familiar fields,
Not yet had perish'd, when his lonely doom
Came suddenly to an end. Another ship
(She wanted water) blown by baffling winds,
Like the Good Fortune, from her destined course,
Stay'd by this isle, not knowing where she lay:
For since the mate had seen at early dawn
Across a break on the mist-wreathen isle

'There is no reason why we should not wed.'
'Then for God's sake,' he answer'd, 'both our sakes,
So you will wed me, let it be at once.'

   So these were wed and merrily rang the bells,
Merrily rang the bells and they were wed.
But never merrily beat Annie's heart.
A footstep seem'd to fall beside her path,
She knew not whence ; a whisper on her ear,
She knew not what ; nor loved she to be left
Alone at home, nor ventured out alone.
What ail'd her then, that ere she enter'd, often
Her hand dwelt lingeringly on the latch,
Fearing to enter : Philip thought he knew :
Such doubts and fears were common to her state,
Being with child : but when her child was born,
Then her new child was as herself renew'd,
Then the new mother came about her heart,
Then her good Philip was her all-in-all,
And that mysterious instinct wholly died.

   And where was Enoch?   prosperously sail'd
The ship 'Good Fortune,' tho' at setting forth
The Biscay, roughly ridging eastward, shook
And almost overwhelm'd her, yet unvext
She slipt across the summer of the world,
Then after a long tumble about the Cape
And frequent interchange of foul and fair,
She passing thro' the summer world again,
The breath of heaven came continually
And sent her sweetly by the golden isles,
Till silent in her oriental haven.

   There Enoch traded for himself, and bought
Quaint monsters for the market of those times,
A gilded dragon, also, for the babes.

   Less lucky her home-voyage : at first indeed
Thro' many a fair sea-circle, day by day,
Scarce-rocking, her full-busted figure-head
Stared o'er the ripple feathering from her bows :
Then follow'd calms, and then winds variable,
Then baffling, a long course of them ; and last
Storm, such as drove her under moonless heavens
Till hard upon the cry of 'breakers' came
The crash of ruin, and the loss of all
But Enoch and two others. Half the night,
Buoy'd upon floating tackle and broken spars,
These drifted, stranding on an isle at morn
Rich, but the loneliest in a lonely sea.

   No want was there of human sustenance,
Soft fruitage, mighty nuts, and nourishing roots;
Nor save for pity was it hard to take
The helpless life so wild that it was tame.
There in a seaward-gazing mountain-gorge
They built, and thatch'd with leaves of palm, a hut,
Half hut, half native cavern. So the three,
Set in this Eden of all plenteousness,
Dwelt with eternal summer, ill-content.

   For one, the youngest, hardly more than boy,
Hurt in that night of sudden ruin and wreck,
Lay lingering out a three-years' death-in-life.
They could not leave him. After he was gone,
The two remaining found a fallen stem ;
And Enoch's comrade, careless of himself,
Fire-hollowing this in Indian fashion, fell

Then fearing night and chill for Annie rose,
And sent his voice beneath him thro' the wood.
Up came the children laden with their spoil ;
Then all descended to the port, and there
At Annie's door he paused and gave his hand,
Saying gently 'Annie, when I spoke to you,
That was your hour of weakness. I was wrong.
I am always bound to you, but you are free.'
Then Annie weeping answer'd 'I am bound.'

   She spoke ; and in one moment as it were,
While yet she went about her household ways,
Ev'n as she dwelt upon his latest words,
That he had loved her longer than she knew,
That autumn into autumn flash'd again,
And there he stood once more before her face,
Claiming her promise. 'Is it a year?' she ask'd.
'Yes, if the nuts' he said 'be ripe again :
Come out and see.' But she—she put him off—
So much to look to—such a change—a month—
Give her a month—she knew that she was bound—
A month—no more. Then Philip with his eyes
Full of that lifelong hunger, and his voice
Shaking a little like a drunkard's hand,
'Take your own time, Annie, take your own time.'
And Annie could have wept for pity of him ;
And yet she held him on delayingly
With many a scarce-believable excuse,
Trying his truth and his long-sufferance,
Till half-another year had slipt away.

   By this the lazy gossips of the port,
Abhorrent of a calculation crost,
Began to chafe as at a personal wrong.

Some thought that Philip did but trifle with her ;
Some that she but held off to draw him on ;
And others laugh'd at her and Philip too,
As simple folk that knew not their own minds ;
And one, in whom all evil fancies clung
Like serpent eggs together, laughingly
Would hint at worse in either. Her own son
Was silent, tho' he often look'd his wish ;
But evermore the daughter prest upon her
To wed the man so dear to all of them
And lift the household out of poverty ;
And Philip's rosy face contracting grew
Careworn and wan ; and all these things fell on her
Sharp as reproach.

                   At last one night it chanced
That Annie could not sleep, but earnestly
Pray'd for a sign 'my Enoch is he gone ?'
Then compass'd round by the blind wall of night
Brook'd not the expectant terror of her heart,
Started from bed, and struck herself a light,
Then desperately seized the holy Book,
Suddenly set it wide to find a sign,
Suddenly put her finger on the text,
'Under a palmtree.' That was nothing to her :
No meaning there : she closed the Book and slept :
When lo ! her Enoch sitting on a height,
Under a palmtree, over him the Sun :
'He is gone' she thought 'he is happy, he is singing
Hosanna in the highest : yonder shines
The Sun of Righteousness, and these be palms
Whereof the happy people strowing cried
"Hosanna in the highest!"' Here she woke,
Resolved, sent for him and said wildly to him

Down thro' the whitening hazels made a plunge
To the bottom, and dispersed, and bent or broke
The lithe reluctant boughs to tear away
Their tawny clusters, crying to each other
And calling, here and there, about the wood.

But Philip sitting at her side forgot
Her presence, and remember'd one dark hour
Here in this wood, when like a wounded life
He crept into the shadow : at last he said
Lifting his honest forehead 'Listen, Annie,
How merry they are down yonder in the wood.'
'Tired, Annie?' for she did not speak a word.
'Tired?' but her face had fall'n upon her hands ;
At which, as with a kind of anger in him,
'The ship was lost' he said 'the ship was lost
No more of that! why should you kill yourself
And make them orphans quite?' And Annie said
'I thought not of it : but —I know not why—
Their voices make me feel so solitary.'

Then Philip coming somewhat closer spoke.
'Annie, there is a thing upon my mind,
And it has been upon my mind so long,
That tho' I know not when it first came there,
I know that it will out at last. O Annie,
It is beyond all hope, against all chance,
That he who left you ten long years ago
Should still be living ; well then—let me speak :
I grieve to see you poor and wanting help :
I cannot help you as I wish to do
Unless—they say that women are so quick—
Perhaps you know what I would have you know—
I wish you for my wife. I fain would prove

A father to your children : I do think
They love me as a father : I am sure
That I love them as if they were mine own ;
And I believe, if you were fast my wife,
That after all these sad uncertain years,
We might be still as happy as God grants
To any of His creatures. Think upon it :
For I am well-to-do—no kin, no care,
No burthen, save my care for you and yours :
And we have known each other all our lives,
And I have loved you longer than you know.'

Then answer'd Annie ; tenderly she spoke :
'You have been as God's good angel in our house.
God bless you for it, God reward you for it,
Philip, with something happier than myself.
Can one love twice? can you be ever loved
As Enoch was? what is it that you ask?'
'I am content' he answer'd 'to be loved
A little after Enoch.' 'O' she cried
Scared as it were, 'dear Philip, wait a while :
If Enoch comes—but Enoch will not come—
Yet wait a year, a year is not so long :
Surely I shall be wiser in a year :
O wait a little!' Philip sadly said
'Annie, as I have waited all my life
I well may wait a little.' 'Nay' she cried
'I am bound : you have my promise—in a year :
Will you not bide your year as I bide mine?'
And Philip answer'd 'I will bide my year.'

Here both were mute, till Philip glancing up
Beheld the dead flame of the fallen day
Pass from the Danish barrow overhead ;

And now I think your kindness breaks me down ;
But Enoch lives ; that is borne in on me :
He will repay you : money can be repaid ;
Not kindness such as yours.'

       And Philip ask'd
'Then you will let me, Annie? '

         There she turn'd,
She rose, and fixt her swimming eyes upon him,
And dwelt a moment on his kindly face,
Then calling down a blessing on his head
Caught at his hand, and wrung it passionately,
And past into the little garth beyond.
So lifted up in spirit he moved away.

 Then Philip put the boy and girl to school,
And bought them needful books, and everyway,
Like one who does his duty by his own,
Made himself theirs ; and tho' for Annie's sake,
Fearing the lazy gossip of the port,
He oft denied his heart his dearest wish,
And seldom crost her threshold, yet he sent
Gifts by the children, garden-herbs and fruit,
The late and early roses from his wall,
Or conies from the down, and now and then,
With some pretext of fineness in the meal
To save the offence of charitable, flour
From his tall mill that whistled on the waste.

 But Philip did not fathom Annie's mind :
Scarce could the woman when he came upon her,
Out of full heart and boundless gratitude
Light on a broken word to thank him with.

But Philip was her children's all-in-all ;
From distant corners of the street they ran
To greet his hearty welcome heartily ;
Lords of his house and of his mill were they ;
Worried his passive ear with petty wrongs
Or pleasures, hung upon him, play'd with him
And call'd him Father Philip. Philip gain'd
As Enoch lost ; for Enoch seem'd to them
Uncertain as a vision or a dream,
Faint as a figure seen in early dawn
Down at the far end of an avenue,
Going we know not where : and so ten years,
Since Enoch left his hearth and native land,
Fled forward, and no news of Enoch came.

 It chanced one evening Annie's children long'd
To go with others, nutting to the wood,
And Annie would go with them ; then they begg'd
For Father Philip (as they call'd him) too :
Him, like the working bee in blossom-dust,
Blanch'd with his mill, they found ; and saying to him
'Come with us Father Philip' he denied ;
But when the children pluck'd at him to go,
He laugh'd, and yielded readily to their wish,
For was not Annie with them? and they went.

 But after scaling half the weary down,
Just where the prone edge of the wood began
To feather toward the hollow, all her force
Fail'd her ; and sighing 'let me rest' she said :
So Philip rested with her well-content ;
While all the younger ones with jubilant cries
Broke from their elders, and tumultuously

And pressure, had she sold her wares for less
Than what she gave in buying what she sold :
She fail'd and sadden'd knowing it ; and thus,
Expectant of that news which never came,
Gain'd for her own a scanty sustenance,
And lived a life of silent melancholy.

   Now the third child was sickly-born and grew
Yet sicklier, tho' the mother cared for it
With all a mother's care : nevertheless,
Whether her business often call'd her from it,
Or thro' the want of what it needed most,
Or means to pay the voice who best could tell
What most it needed—howsoe'er it was,
After a lingering,—ere she was aware,—
Like the caged bird escaping suddenly,
The little innocent soul flitted away.

   In that same week when Annie buried it,
Philip's true heart, which hunger'd for her peace
(Since Enoch left he had not look'd upon her),
Smote him, as having kept aloof so long.
'Surely' said Philip 'I may see her now,
May be some little comfort ;' therefore went,
Past thro' the solitary room in front,
Paused for a moment at an inner door,
Then struck it thrice, and, no one opening,
Enter'd ; but Annie, seated with her grief,
Fresh from the burial of her little one,
Cared not to look on any human face,
But turn'd her own toward the wall and wept.
Then Philip standing up said falteringly
'Annie, I came to ask a favour of you.'

   He spoke ; the passion in her moan'd reply
'Favour from one so sad and so forlorn
As I am!' half abash'd him ; yet unask'd,
His bashfulness and tenderness at war,
He set himself beside her, saying to her :

   'I came to speak to you of what he wish'd,
Enoch, your husband : I have ever said
You chose the best among us—a strong man
For where he fixt his heart he set his hand
To do the thing he will'd, and bore it thro'.
And wherefore did he go this weary way,
And leave you lonely? not to see the world—
For pleasure?— nay, but for the wherewithal
To give his babes a better bringing-up
Than his had been, or yours : that was his wish.
And if he come again, vext will he be
To find the precious morning hours were lost.
And it would vex him even in his grave,
If he could know his babes were running wild
Like colts about the waste. So, Annie, now—
Have we not known each other all our lives?
I do beseech you by the love you bear
Him and his children not to say me nay—
For, if you will, when Enoch comes again
Why then he shall repay me—if you will,
Annie—for I am rich and well-to-do.
Now let me put the boy and girl to school :
This is the favour that I came to ask.'

   Then Annie with her brows against the wall
Answer'd 'I cannot look you in the face ;
I seem so foolish and so broken down.
When you came in my sorrow broke me down ;

Then lightly rocking baby's cradle 'and he,
This pretty, puny, weakly little one,—
Nay—for I love him all the better for it—
God bless him, he shall sit upon my knees
And I will tell him tales of foreign parts,
And make him merry, when I come home again.
Come Annie, come, cheer up before I go.'

  Him running on thus hopefully she heard,
And almost hoped herself; but when he turn'd
The current of his talk to graver things
In sailor fashion roughly sermonizing
On providence and trust in Heaven, she heard,
Heard and not heard him; as the village girl,
Who sets her pitcher underneath the spring,
Musing on him that used to fill it for her,
Hears and not hears, and lets it overflow.

  At length she spoke 'O Enoch, you are wise;
And yet for all your wisdom well know I
That I shall look upon your face no more.'

  'Well then,' said Enoch, 'I shall look on yours.
Annie, the ship I sail in passes here
(He named the day) get you a seaman's glass,
Spy out my face, and laugh at all your fears.'

  But when the last of those last moments came,
'Annie, my girl, cheer up, be comforted,
Look to the babes, and till I come again,
Keep everything shipshape, for I must go.
And fear no more for me; or if you fear
Cast all your cares on God; that anchor holds.
Is He not yonder in those uttermost
Parts of the morning? if I flee to these
Can I go from Him? and the sea is His,
The sea is His : He made it.'

          Enoch rose,
Cast his strong arms about his drooping wife,
And kiss'd his wonder-stricken little ones;
But for the third, the sickly one, who slept
After a night of feverous wakefulness,
When Annie would have raised him Enoch said
'Wake him not; let him sleep; how should the child
Remember this?' and kiss'd him in his cot.
But Annie from her baby's forehead clipt
A tiny curl, and gave it : this he kept
Thro' all his future; but now hastily caught
His bundle, waved his hand, and went his way.

  She when the day, that Enoch mention'd, came,
Borrow'd a glass, but all in vain : perhaps
She could not fix the glass to suit her eye;
Perhaps her eye was dim, hand tremulous;
She saw him not : and while he stood on deck
Waving, the moment and the vessel past.

  Ev'n to the last dip of the vanishing sail
She watch'd it, and departed weeping for him;
Then, tho' she mourn'd his absence as his grave,
Set her sad will no less to chime with his,
But throve not in her trade, not being bred
To barter, nor compensating the want
By shrewdness, neither capable of lies,
Nor asking overmuch and taking less,
And still foreboding 'what would Enoch say?'
For more than once, in days of difficulty

Cuts off the fiery highway of the sun,
And isles a light in the offing : yet the wife—
When he was gone—the children—what to do?
Then Enoch lay long-pondering on his plans ;
To sell the boat—and yet he loved her well—
How many a rough sea had he weather'd in her !
He knew her, as a horseman knows his horse—
And yet to sell her—then with what she brought
Buy goods and stores—set Annie forth in trade
With all that seamen needed or their wives—
So might she keep the house while he was gone.
Should he not trade himself out yonder? go
This voyage more than once ? yea twice or thrice—
As oft as needed—last, returning rich,
Become the master of a larger craft,
With fuller profits lead an easier life,
Have all his pretty young ones educated,
And pass his days in peace among his own.

   Thus Enoch in his heart determined all :
Then moving homeward came on Annie pale,
Nursing the sickly babe, her latest-born.
Forward she started with a happy cry,
And laid the feeble infant in his arms ;
Whom Enoch took, and handled all his limbs,
Appraised his weight and fondled fatherlike,
But had no heart to break his purposes
To Annie, till the morrow, when he spoke.

   Then first since Enoch's golden ring had girt
Her finger, Annie fought against his will :
Yet not with brawling opposition she,
But manifold entreaties, many a tear,
Many a sad kiss by day by night renew'd

(Sure that all evil would come out of it)
Besought him, supplicating, if he cared
For her or his dear children, not to go.
He not for his own self caring but her,
Her and her children, let her plead in vain ;
So grieving held his will, and bore it thro'.

   For Enoch parted with his old sea-friend,
Bought Annie goods and stores, and set his hand
To fit their little streetward sitting-room
With shelf and corner for the goods and stores.
So all day long till Enoch's last at home,
Shaking their pretty cabin, hammer and axe,
Auger and saw, while Annie seem'd to hear
Her own death-scaffold raising, shrill'd and rang,
Till this was ended, and his careful hand,—
The space was narrow,—having order'd all
Almost as neat and close as Nature packs
Her blossom or her seedling, paused ; and he,
Who needs would work for Annie to the last,
Ascending tired, heavily slept till morn.

   And Enoch faced this morning of farewell
Brightly and boldly. All his Annie's fears,
Save, as his Annie's, were a laughter to him.
Yet Enoch as a brave God-fearing man
Bow'd himself down, and in that mystery
Where God-in-man is one with man-in-God,
Pray'd for a blessing on his wife and babes
Whatever came to him : and then he said
'Annie, this voyage by the grace of God
Will bring fair weather yet to all of us.
Keep a clean hearth and a clear fire for me,
For I'll be back, my girl, before you know it.'

(His father lying sick and needing him)
An hour behind ; but as he climb'd the hill,
Just where the prone edge of the wood began
To feather toward the hollow, saw the pair,
Enoch and Annie, sitting hand-in-hand,
His large gray eyes and weather-beaten face
All-kindled by a still and sacred fire,
That burn'd as on an altar. Philip look'd,
And in their eyes and faces read his doom ;
Then, as their faces drew together, groan'd,
And slipt aside, and like a wounded life
Crept down into the hollows of the wood ;
There, while the rest were loud in merrymaking,
Had his dark hour unseen, and rose and past
Bearing a lifelong hunger in his heart.

  So these were wed, and merrily rang the bells,
And merrily ran the years, seven happy years,
Seven happy years of health and competence,
And mutual love and honourable toil ;
With children ; first a daughter. In him woke,
With his first babe's first cry, the noble wish
To save all earnings to the uttermost,
And give his child a better bringing-up
Than his had been, or hers ; a wish renew'd,
When two years after came a boy to be
The rosy idol of her solitudes,
While Enoch was abroad on wrathful seas,
Or often journeying landward ; for in truth
Enoch's white horse, and Enoch's ocean-spoil
In ocean-smelling osier, and his face,
Rough-redden'd with a thousand winter gales,
Not only to the market-cross were known,
But in the leafy lanes behind the down,
Far as the portal-warding lion-whelp,
And peacock-yewtree of the lonely Hall,
Whose Friday fare was Enoch's ministering.

  Then came a change, as all things human change.
Ten miles to northward of the narrow port
Open'd a larger haven : thither used
Enoch at times to go by land or sea ;
And once when there, and clambering on a mast
In harbour, by mischance he slipt and fell :
A limb was broken when they lifted him ;
And while he lay recovering there, his wife
Bore him another son, a sickly one :
Another hand crept too across his trade
Taking her bread and theirs : and on him fell,
Altho' a grave and staid God-fearing man,
Yet lying thus inactive, doubt and gloom.
He seem'd, as in a nightmare of the night,
To see his children leading evermore
Low miserable lives of hand-to-mouth,
And her, he loved, a beggar : then he pray'd
'Save them from this, whatever comes to me.'
And while he pray'd, the master of that ship
Enoch had served in, hearing his mischance,
Came, for he knew the man and valued him,
Reporting of his vessel China-bound,
And wanting yet a boatswain. Would he go?
There yet were many weeks before she sail'd,
Sail'd from this port. Would Enoch have the place?
And Enoch all at once assented to it,
Rejoicing at that answer to his prayer.

  So now that shadow of mischance appear'd
No graver than as when some little cloud

Long lines of cliff breaking have left a chasm ;
And in the chasm are foam and yellow sands ;
Beyond, red roofs about a narrow wharf
In cluster ; then a moulder'd church ; and higher
A long street climbs to one tall-tower'd mill ;
And high in heaven behind it a gray down
With Danish barrows ; and a hazelwood,
By autumn nutters haunted, flourishes
Green in a cuplike hollow of the down.

  Here on this beach a hundred years ago,
Three children of three houses, Annie Lee,
The prettiest little damsel in the port,
And Philip Ray the miller's only son,
And Enoch Arden, a rough sailor's lad
Made orphan by a winter shipwreck, play'd
Among the waste and lumber of the shore,
Hard coils of cordage, swarthy fishing-nets,
Anchors of rusty fluke, and boats updrawn ;
And built their castles of dissolving sand
To watch them overflow'd, or following up
And flying the white breaker, daily left
The little footprint daily wash'd away.

  A narrow cave ran in beneath the cliff :
In this the children play'd at keeping house.
Enoch was host one day, Philip the next,
While Annie still was mistress ; but at times
Enoch would hold possession for a week :
'This is my house and this my little wife.'
'Mine too' said Philip 'turn and turn about :'
When, if they quarrell'd, Enoch stronger-made
Was master : then would Philip, his blue eyes
All flooded with the helpless wrath of tears,
Shriek out 'I hate you, Enoch,' and at this
The little wife would weep for company,
And pray them not to quarrel for her sake,
And say she would be little wife to both.

  But when the dawn of rosy childhood past,
And the new warmth of life's ascending sun
Was felt by either, either fixt his heart
On that one girl ; and Enoch spoke his love,
But Philip loved in silence ; and the girl
Seem'd kinder unto Philip than to him ;
But she loved Enoch ; tho' she knew it not,
And would if ask'd deny it. Enoch set
A purpose evermore before his eyes,
To hoard all savings to the uttermost,
To purchase his own boat, and make a home
For Annie : and so prosper'd that at last
A luckier or a bolder fisherman,
A carefuller in peril, did not breathe
For leagues along that breaker-beaten coast
Than Enoch. Likewise had he served a year
On board a merchantman, and made himself
Full sailor ; and he thrice had pluck'd a life
From the dread sweep of the down-streaming seas :
And all men look'd upon him favourably :
And ere he touch'd his one-and-twentieth May
He purchased his own boat, and made a home
For Annie, neat and nestlike, halfway up
The narrow street that clamber'd toward the mill.

  Then, on a golden autumn eventide,
The younger people making holiday,
With bag and sack and basket, great and small,
Went nutting to the hazels. Philip stay'd

ENOCH ARDEN

BY
ALFRED TENNYSON

LONDON:
EDWARD MOXON & CO., DOVER STREET.
1864.

イノック・アーデン　アルフレッド・テニスン

2006年10月 4 日　第 1 刷発行
2025年 2 月25日　第 2 刷発行

訳　者　原田宗典
　　　　（はらだ　むねのり）

発行者　坂本政謙

発行所　株式会社 岩波書店
　　　　〒101-8002 東京都千代田区一ツ橋 2-5-5
　　　　電話案内 03-5210-4000
　　　　https://www.iwanami.co.jp/

印刷・精興社　製本・牧製本

ISBN 978-4-00-022158-0　Printed in Japan

おきざりにした悲しみは	原田宗典	四六判二七二頁　定価二二〇〇円
メメント・モリ	原田宗典	岩波現代文庫　定価一〇七八円
やや黄色い熱をおびた旅人	原田宗典	四六判二三二頁　定価一六五〇円

——岩波書店刊——
定価は消費税 10% 込です
2025 年 2 月現在